BEIJO SINISTRO

Edgar J. Hyde

Ciranda Cultural

BEIJO SINISTRO

Edgar J. Hyde

Dados Internacionais de Catalogação na Publicação (CIP)
(Câmara Brasileira do Livro, SP, Brasil)

Hyde, Edgar J.
Beijo sinistro / Edgar J. Hyde ; [tradução Silvio Antunha].
– Barueri, SP : Ciranda Cultural, 2015. – (Hora do Espanto)

Título original: Cold Kisser.
ISBN 978-85-380-6334-6

1. Ficção juvenil I. Título. II. Série.

15-02262 CDD-028.5

Índices para catálogo sistemático:

1. Ficção : Literatura juvenil 028.5

Esta edição de *Hora do Espanto* foi publicada
em acordo com Books Noir Ltd.
Título original: *Cold Kisser*

Tradução: Silvio Antunha

1ª Edição
2ª Impressão em 2016
www.cirandacultural.com.br

Sumário

Capítulo 1

Tommy McDonald era o que seus colegas de classe chamavam de "um cara comum". Ele não andava com os caras fortões, e as garotas não faziam fila para marcar encontros com ele.

– Tenho só 13 anos! Tenho tempo de sobra para essas coisas – ele retrucava quando era provocado por pessoas como George Borden.

George também tinha apenas 13 anos, mas já havia beijado cinco garotas! No mínimo! Pelo menos era o que ele dizia.

– Alguém testemunhou esses beijos, George? – Tommy questionava.

– Se alguém testemunhou? Eu prefiro beijar garotas em particular, e não com um monte de gente assistindo e aplaudindo!

– Bem, como vou saber se você não está inventando essa história toda?

– É só perguntar para a Lisa, ou a Lynsey, ou a Jane... Preciso continuar?

– Tudo bem, tudo bem – Tommy respondia, sabendo perfeitamente que jamais perguntaria à Lisa, à Lynsey ou a qualquer outra garota se ela havia sido beijada por George.

Tommy sentia-se deslocado, e a confiança de George com as garotas fazia que Tommy se sentisse infantil quando comparado ao amigo.

Tommy estava com medo da festa de fim de ano. Seria o primeiro baile de comemoração (se é que essa é a palavra certa) de fim de ano escolar de Tommy no intimidante colégio Moorbourne High School.

Por ser um cara tranquilo, Tommy deixava todas as brincadeiras de mau gosto para os outros meninos da classe. Ele assistia, com pouco interesse, às suas brigas e tentativas de impressionar (ou até mesmo beijar) as garotas. Também observava os esforços das garotas e dos garotos mais chucros para ver quem conseguia ser o mais insolente com os professores. Alguns desses alunos pareciam achar que a escola servia para cada um dar o melhor de si com o objetivo de não aprender nada e atrapalhar a aula para que ninguém mais aprendesse nada.

Tommy preferia trabalhar duro: até fazia lição de casa e passava nas provas! Os outros meninos sempre se perguntavam o que havia de errado com ele. Felizmente, Tommy tinha quase 1,80 metro de altura, apesar de ter apenas 13 anos de idade.

Nas poucas ocasiões em que um dos caras fortões, como Ronnie Ryan, começou uma briga com ele, Tommy brigou para valer. Apesar de ele ter perdido as poucas brigas em que se envolveu, os valentões da escola por fim decidiram que ele era problema e que não valia a pena provocá-lo.

Tommy não era o mais inteligente da classe. Precisava trabalhar duro para tirar boas notas, e trabalhava duro mesmo. Ele queria ser repórter de um grande jornal quando terminasse a escola e sabia das qualificações necessárias para essa profissão. Brigar, importunar garotas, tomar advertências; isso era para babacas como Ronnie Ryan. Nada desviaria Tommy do seu objetivo de vida. Nada.

Tommy morava a apenas um quarteirão da escola. George Borden era seu vizinho mais próximo, mas o pai dele tinha conseguido um emprego novo e havia se mudado com a família para um bairro mais afastado. Agora, George era um dos garotos que iam de transporte escolar para a escola, e isso lhe dava bastante tempo para conversar com Tommy depois das aulas, quando eles se sentavam lado a lado para fazerem as lições da aula de Redação.

– George – disse Tommy depois da aula de Redação, certo dia –, você devia virar ventríloquo quando se formar.

– Por quê?

– Porque você não parou de falar durante toda a aula de Redação. Tenho certeza de que a professora Gray escutou a sua voz, mas em nenhum momento viu seus lábios se mexerem.

– Claro que não! – exclamou George, com orgulho. – Pratico toda noite na frente do espelho, enquanto você está fazendo a lição de casa, eu suponho!

– Como assim?

– É que eu nunca vejo você se preocupar com nada além de redação. Você nunca sai para passear depois da escola. Sempre passa os intervalos na biblioteca. Você devia viver o presente, não o futuro, assim eu não teria que falar o tempo todo. Você teria assuntos que valem a pena.

– Coisas do tipo: beijar garotas, jogar futebol depois da aula... Legal, né? Você nunca se preocupa com o futuro nem com o que vai fazer depois da escola? – questionou Tommy.

– Claro que sim, depois da escola vou levar a Meg Allen ao parque – respondeu George.

– Não é isso, eu quero dizer depois de se formar, quando você tiver 16 ou 18 anos, quando finalmente crescer, o que vai fazer? – Tommy insistiu.

– Vou ser ventríloquo! E como você não terá nada de útil para dizer, você se tornará o meu boneco!

Tommy encarou George, que resolveu se afastar.

– Até amanhã, Tommy... – disse George enquanto corria para pegar o ônibus escolar para casa. George estava rindo e ficou difícil Tommy não rir também.

– Até amanhã, seu maluco! – Tommy gritou.

Capítulo 2

– Atenção! – gritou a professora Sharpe em meio ao barulho que os alunos da classe 1B faziam ao tomarem seus assentos.

Tommy sentava-se sozinho, e havia um lugar vago ao seu lado na sala. Os lugares eram dispostos assim: três colunas compridas de carteiras estendiam-se da frente para os fundos da sala de aula. Cada coluna possuía cinco carteiras duplas, uma atrás da outra. Assim, muitos alunos sentavam-se ao lado de um menino ou uma menina. Tommy sentava-se na carteira do meio, na fila próxima às janelas grandes. A carteira dupla atrás dele ficava totalmente vazia, e Ronnie Ryan sentava-se na carteira atrás dessa carteira vazia.

Ronnie era considerado tão má influência que se sentava sozinho na maioria das aulas, sempre no fundão. A maioria dos professores parecia ter desistido dele e achava melhor que ele ficasse o mais distante possível das atividades de ensino. Sem perceberem, os professores apenas deram ao Ronnie uma ótima oportunidade para arremessar bolinhas de papel. Ronnie retirava a carga da caneta esferográfica e colocava a ponta mais fina na boca, e na outra ponta ele punha uma bolinha de papel amassado, que ele chamava de bala. Em quase todas as aulas, os alunos dos quais Ronnie não gostava, e que eram a maioria deles, sentiam um leve peteleco na nuca. Todos sabiam que a causa do incômodo era Ronnie com suas bolas de papel. Mas a lei do silêncio que existia em todas as salas de aula e impedia qualquer colaboração com os professores sempre funcionava. Assim, os professores não sabiam dessa malcriação particular de Ronnie.

– Atenção... – repetiu a professora Sharpe, elevando o tom de sua voz estridente. – Quero que façam silêncio já!

Aos poucos, os ruídos e os murmúrios foram cessando, e a professora Sharpe conseguiu falar. Os alunos então repararam numa bela garota em pé ao lado da professora Sharpe, perto da lousa. Ela parecia um pouco nervosa, obviamente esperando para ser apresentada.

– Antes de fazer a chamada, gostaria de apresentar a aluna nova. Ela é Sally Anne Dickens.

Alguns assobios partiram dos garotos que estavam na sala. A garota chamada Sally Anne Dickens corou. Seu rosto rosado contrastava intensamente com os belos cabelos lisos e loiros, que iam até a cintura. Ela era muito alta, mais alta do que qualquer outra garota da classe, com certeza. Estava impecavelmente bem-vestida e tudo nela revelava seu porte de moça. Mas Tommy percebeu que a garota estava muito envergonhada e que ela provavelmente queria estar sentada despercebida numa carteira, e não constrangida em pé diante da classe como uma aluna nova, algo terrível para todos, acreditava Tommy, principalmente para uma pessoa tímida!

Tommy percebeu que sentia atração por Sally Anne. Que garoto não sentiria?

A professora Sharpe terminou a apresentação e, em seguida, pediu para Sally Anne sentar-se numa carteira vazia.

O coração de Tommy bateu mais rápido quando ela se dirigiu (pensava ele) para a carteira vazia atrás dele.

"Essa não!" – pensou Tommy. "Sente-se em outro lugar, por favor!"

Embora Tommy sentisse que aquela era a primeira garota que realmente o encantava, ela o deixou tão nervoso que ele desejou que ela se sentasse em qualquer outro lugar.

Tommy tentou não reparar nela conforme ela se aproximava de sua carteira, cada vez mais perto. Ele estava com a cabeça abaixada, fingindo estar concentrado, mas notou que ela seguia em direção à carteira dele. Tommy esperava que ela continuasse andando até a carteira de trás, mas ela parou. Foi quando ele percebeu que Sally Anne olhava para o assento vago ao lado dele!

Com certeza ela escolheria sentar-se sozinha na carteira dupla, em vez de compartilhar uma carteira com Tommy. Afinal de contas, ele era um estranho! Mas ela continuou em pé ao lado dele. Ele sentiu o espanto total da classe inteira quando todos viram onde Sally Anne iria se sentar. Então, ela disse:

– Com licença.

Tommy, com a cara vermelha feito tomate, olhou para cima e gaguejou:

– Po-pois não?

– Tem alguém sentado aqui? – ela perguntou educadamente.

– Ahn…

– Não, Sally Anne – interrompeu a professora Sharpe. – Não tem ninguém sentado aí. Tenho certeza de que o Tommy vai tirar a mochila dele dessa cadeira para você, não é mesmo, Tommy?

– É claro! – respondeu Tommy, tentando se recuperar do constrangimento. – Claro, por favor, sente-se.

Ele puxou a mochila, que não estava fechada direito. Assim, todos os seus livros, as suas canetas, as suas réguas, os seus compassos e os seus transferidores se espalharam pelo chão, e ele teve que se curvar sob a carteira para recolher tudo.

Foi então que ele escutou George gritar da frente da sala de aula:

– Ele está olhando embaixo da saia dela!

A classe explodiu em gargalhadas. Tommy suava, vermelho como um extintor de incêndio, muito irritado. Ao ouvir a piada constrangedora de George, ele tentou se levantar rapidamente, esquecendo-se de que estava sob a carteira. A forte batida da cabeça de Tommy na carteira produziu uma nova série de risadas escandalosas de seus colegas de classe.

– Basta! – ordenou a professora Sharpe, tentando não rir. – Sinceramente, Tommy, você não pode fazer isso depois?

Tommy desejou que o chão se abrisse embaixo dele e o engolisse imediatamente. Mas as risadas acabaram cessando. Sally Anne sentou-se ao lado dele.

"Por que eu?" – pensou Tommy. A professora Sharpe voltou para a sua mesa para fazer a chamada. Sally Anne não parecia nem um pouco envergonhada. Talvez ela estivesse agradecida pelo fato de Tommy ter involuntariamente roubado o espetáculo, desviando a atenção para longe dela. Mas Tommy não teve dúvidas de que ela olhou e sorriu para ele quando se sentou.

Foi a primeira aula do ano da qual Tommy não conseguiu se lembrar direito. Pela primeira vez, ele não escutou nenhuma palavra. De fato, quando o sinal tocou, anunciando o final da aula, Tommy parecia em estado de choque. Era como se ele não estivesse lá.

Capítulo 3

– Como ela é, Tommy? – murmurou George na aula de Redação no fim do dia, em seu melhor estilo de ventríloquo. Mas não obteve resposta.

– Fala sério, ela é demais, não é? – ele insistiu.

Novo silêncio.

– Ok, vamos tentar novamente. Tommy, o boneco mudo, não tem nada para dizer. A garota mais bonita da escola resolve sentar perto dele e, ainda assim, ele continua sem nada para dizer. Será que vou ter que fazer esse papel também, Tommy? Ora essa, George… – disse George, imitando a voz grossa de Tommy – como você pode ver, estou cheio de magnetismo animal, as garotas não conseguem resistir a mim!

– Cala a boca, George – Tommy repreendeu-o, irritado.

– Brincadeira, Tommy. Mas vou dizer uma coisa: ainda bem que você não está interessado em beijar a Sally Anne, porque senão teria que enfrentar uma fila de um quilômetro, e eu sou o primeiro! – disse George, rindo sem mover os lábios. Tommy não respondeu.

Tommy não foi à biblioteca no intervalo daquela manhã. Em vez disso, ele decidiu procurar Sally Anne. Não para falar com ela, ele não era tão valente assim, mas só para olhar para ela. A garota era linda, não saía do pensamento dele.

Quando George viu Tommy no intervalo, parou de jogar futebol para falar com ele.

– Tudo bem, Tommy? – perguntou.

– Claro, por que não estaria? – Tommy respondeu, enfático.

– Tudo bem, tudo bem, é só que você parece meio perdido.

Eles viram Sally Anne conversando com algumas garotas da classe na fila da lanchonete.

– Vamos lá nos apresentar – disse George, caminhando em direção a Sally Anne.

– Como assim? O que vamos dizer? – perguntou Tommy, nervoso.

– Você vai dizer aquilo que você é bom em dizer: nada. Quando se trata de garotas, você é um boneco, lembra? – provocou George.

Será que George queria marcar um encontro entre Tommy e Sally Anne? Será que ele teria um superplano para reunir aquelas duas almas gêmeas? Era o que Tommy se perguntava. Almas gêmeas, Tommy pensava se essas coisas realmente existiam. Quanto mais ele pensava em Sally Anne, mais dizia para si mesmo: "Tudo bem, eu estou interessado em garotas. E agora?"

Conforme eles se aproximavam do grupo de garotas que incluía Sally Anne, Tommy sentia os nervos à flor da pele. Agora que ele tinha admitido que gostava dela, tudo o que precisava fazer era falar com ela, caramba! Ele estava em pânico.

– Você fala, gênio – ele implorou ao George.

– Tudo bem, deixa comigo.

George não fazia ideia de que Tommy estava a fim de Sally Anne. George falaria porque ele estava a fim de Sally Anne também.

– Consigo arrumar um lugar para você do meu lado na classe, se você quiser – ele disse para Sally Anne.

– Não, obrigada – ela corou, espantada com o descaramento de George. – Tudo bem, mesmo.

Tommy gelou. Seu melhor amigo, seu único amigo de verdade, estava falando com sua garota.

– É sério – George insistiu. – Vou prender o Jimmy Leach, que senta ao meu lado, no banheiro. Você e eu temos muita coisa para conversar, querida.

Sally Anne achou graça. É claro que George era charmoso e inofensivo. Mas, na verdade, ela queria que Tommy tomasse a iniciativa, já que ela havia se sentado ao lado dele na primeira aula. Ela havia reparado nele no meio da multidão quando se juntou à classe naquela manhã. Tommy era tão alto quanto ela, que se incomodava quando precisava olhar para baixo, para garotos como George. Sally Anne sentia-se mais velha por conta disso. Afinal de contas, ela tinha apenas 13 anos.

Mas Tommy não fazia ideia do que ela pensava.

E, como Tommy ficou calado, Sally Anne achou que ele não tinha interesse. Só estava lá para dar uma força a George, ela pensou.

– Posso pagar um almoço para você algum dia? – disse George na sua melhor interpretação de galã.

– Se você pode pagar um almoço para mim? – ela repetiu, admirada. E continuou: – Só se for num restaurante muito chique...

– Não, infelizmente não! – George se esquivou. Afinal, era ele que devia fazer as piadas. – Que tal dividirmos os meus lanches na hora do almoço?

– Só se forem de caviar e salmão defumado – ela brincou.

– Ótimo! – disse George. – Vou trazer champanhe, ou melhor, refrigerante, como é conhecido nestas bandas!

– Meio-dia e meia no salão? – ela perguntou, quase desinteressada.

– Combinado.

– Até mais tarde então, esbanjador – ela riu.

– É assim que se faz – George sorriu malicioso quando viu Tommy olhando para ele. – Alguma coisa errada, meu chapa? Não quer aprender a pegar garotas? Eu nem vou cobrar a aula!

George já havia apanhado algumas vezes. O punho de Ronnie Ryan tinha acertado em cheio o queixo dele. Às vezes, George podia fazer piadas sem problemas, outras vezes não. Naquele dia, quando foi ao chão assim que o soco de Tommy acertou seu rosto, ele percebeu que havia passado dos limites.

– Levante-se – ordenou Tommy.

Ao perceber que Tommy pretendia acertá-lo de novo, George se lembrou, entre outras coisas, de que sua própria altura não passava de 1,5 metro. Ele retrucou: – Está brincando, certo?

– De pé! – disse Tommy, ameaçando-o. – Talvez você precise de uma aula de boxe. Talvez você não seja tão esperto assim.

O rosto de Tommy estava vermelho. Ele estava com muita raiva ao gritar com George no chão.

Claro que a notícia da explosão de ira do Tommy logo se espalhou pela escola.

George não conversou com Tommy no dia seguinte na aula de Redação. De fato, Sally Anne sentou-se atrás de Tommy na primeira aula naquela manhã depois de olhar com desprezo para ele.

"Aposto que falaram um monte de mim" – pensou Tommy. Ele estava envergonhado de ter batido em George. Mas, principalmente, estava envergonhado porque não teve coragem de falar com Sally Anne.

Por isso, foi Tommy quem quebrou o silêncio quase no fim da aula de Redação.

– Bem, o beijo dela atende aos seus padrões? – Tommy perguntou com ironia.

– O quê? – replicou George, confuso.

Tommy percebeu o inchaço no rosto de George e lamentou o que havia acontecido no dia anterior.

– George, não sei o que deu em mim ontem.

– Do que você está falando, Tommy?

– Quando soquei você...

– Ah, isso? – respondeu George, como se estivesse pensando em outra coisa. – Não foi nada, Tommy. Não queria ser inconveniente, mas sei que sou, às vezes.

– Achei que não estava falando comigo por causa da nossa briga de ontem – disse Tommy.

Houve uma longa pausa antes de George cochichar:

– Nada disso. É que eu beijei a Sally Anne.

– Nossa! – exclamou Tommy tão alto que a professora Gray ouviu.

– Nada de conversas, Tommy – ela advertiu. – Além de não ter feito a lição de casa ontem à noite e de ficar brigando no intervalo, você ainda vai tirar a atenção de George? Francamente! O que há de errado com você ultimamente? De volta ao trabalho.

– Não quero saber de beijá-la novamente – disse George, sussurrando.

– Por que não? – perguntou Tommy.

– Já ouviu falar daquela aranha da América do Sul? Aquela que paralisa o macho com uma mordida e depois o mata? – pela primeira vez o tom de brincadeira de George parecia ter sumido.

– Eu... Sei lá!

– Pois bem, eu estava voltando com ela para a classe depois do almoço. A gente tinha acabado de dividir o meu sanduíche de carne...

– Claro, só para impressionar a senhora Champanhe... – retrucou Tommy.

– ... quando saquei que era a hora certa do beijo.

– Com toda a sua experiência, né? E olha que você também só tem 13 anos. Então você sacou o momento? O seu método científico de tomada de decisões deu errado, doutor George Borden?

– Não, era o momento certo. Mas... – George fez uma pausa.

– Mas o quê? – perguntou Tommy, agora muito interessado.

– Bem, foi meio apavorante.

– Não me diga que você ficou com medo, grande beijoqueiro.

George fez uma nova pausa.

– Pois é, foi o que aconteceu – ele disse.

O sinal tocou, anunciando o fim da aula. Assim que eles saíram, Tommy disse a George:

– Vamos dar uma volta por aí.

– E cabular a próxima aula?

– Isso! Quero passar essa história a limpo. Ando meio intrigado com essa garota – revelou Tommy.

Eles foram sentar-se perto da banca de jornal para tomar sorvete. Tanto George como Tommy sabiam que perderiam a aula de Artes e que teriam que arrumar uma boa explicação para isso.

– Então, George, conte sobre o tal beijo.

Mais uma vez, George hesitou.

– Bem, eu meio que... – ele procurou escolher bem a palavra certa – congelei.

– Congelou – repetiu Tommy. – Deixa de frescura...

– Não tem graça, Tommy. Eu cheguei e me aproximei. Ela pareceu achar uma boa ideia. Eu a beijei. Mas os lábios dela estavam gelados demais.

– Em pleno verão?

– Exatamente, mas isso foi só o começo. Os lábios dela não estavam gelados, estavam congelados! Deu um branco na minha cabeça. Eu não conseguia me mexer. Não sabia o que pensar. Não só os meus próprios lábios ficaram gelados, mas o ar ficou frio, e eu me lembro de ter achado que parecia que estava beijando um fantasma.

– Fantasma? – Tommy engasgou.

– Isso, fantasma. Quer dizer, não acredito nessas coisas, mas foi muito esquisito.

– Tem certeza de que não andou imaginando tudo isso? – perguntou Tommy, irônico.

– No começo, sim, porque na minha cabeça comecei a ver todo tipo de coisa de outra época.

– O que quer dizer com isso? – indagou Tommy.

– Esquece, é muito estranho, você não vai acreditar em mim.

Hesitante, Tommy sentou-se enquanto devorava seu picolé, distraído com a conversa maluca de George. Ele imaginava se devia deixar George saber do seu próprio segredinho. Um segredo, aliás, que ele não entendia muito bem, mas que, depois da história de George, estranhamente fazia sentido.

– Acredito sim em você – disse Tommy, quebrando o silêncio constrangedor.

– É mesmo? Se você me contasse essa história bizarra, não sei se acreditaria em você.

"Lá vai" – pensou Tommy, enquanto se preparava para contar a George seu segredo.

– Promete não contar para ninguém o meu sonho estranho? – perguntou Tommy.

– Claro!

– Bem, um dia antes de Sally Anne começar na nossa turma, tive um sonho com uma garota linda, e, quando vi Sally Anne, ela me lembrou demais essa garota. Achei que era a mesma garota, mas isso é impossível, não é?

– Prossiga... – George incentivou.

– No sonho, ela disse: "Estou voltando. Temos assuntos pendentes para resolver. Você tem que me deixar ajudá-lo". Mas, sempre que eu perguntava no que ela poderia me ajudar, ela olhava assustada e perguntava se eu não me lembrava. No sonho, ela parecia alguém familiar para mim, mas eu não conseguia me lembrar de onde a conhecia. Inclusive, ela ficou ofendida com isso. Então, eu acordei implorando para que ela me dissesse. Não pensei mais naquilo, até vê-la no dia seguinte, supostamente pela primeira vez. Achei que era pura coincidência ela ser parecida com a garota do meu sonho.

– Sonho? – George interrompeu. – Pois foi assim que me senti quando a beijei, como se fosse um sonho.

Nessa hora, ambos pararam de falar. Eles viram Sally Anne caminhando em direção à banca de jornal.

Conforme se aproximou, ela sorriu para eles.

Assustados e confusos, os garotos sorriram de volta para ela, mas não conseguiram disfarçar.

– O professor Mendel está procurando por vocês dois – ela disse.

Capítulo 4

O professor Mendel era chamado de "professor Pincel" pelos alunos porque parecia mais apropriado a um professor de Artes. Ele também perdia a paciência com facilidade, então, as crianças às vezes o chamavam de "Pavio Curto", porque ele se irritava rapidinho. Tinha só 42 anos, mas, para as crianças, qualquer pessoa que tivesse mais de 16 anos de idade já estava velha. Sendo assim, alguém com 42 anos era praticamente um ancião. Então, Mendel Pavio Curto era velho e assustador. Quando George e Tommy chegaram à aula faltando apenas dez minutos para o final, Pavio Curto já estava soltando fumaça em cima deles.

– Eu sou o responsável por vocês durante o horário em que vocês deveriam estar na minha aula! Se alguma coisa acontecesse com vocês, eu estaria em grandes apuros! – ele gritou.

– É justa a sua preocupação conosco, Pavio Curto, quer dizer, professor Mendel... – concordou George.

O professor Mendel ordenou que eles sentassem e não fizessem mais nada nos minutos restantes da aula.

– George... – cochichou Tommy.

– O que foi?

– Olhe o que a Sally Anne está pintando.

Alguns alunos da aula de Artes obviamente pintavam um ramalhete de flores.

– Espero que tenham gostado da aula sobre natureza morta – professor Mendel comentou.

– Ela parece morta mesmo para mim – gritou Ronnie Ryan, provocando muitas risadas.

– Se quiser continuar vivo, fique de boca fechada, Ryan! – rosnou o homem do pavio curto.

– Vou continuar muito vivo sim, professor Mendel. Afinal de contas, você explicou que é responsável pelo meu bem-estar enquanto eu estiver na sua aula – disse Ronnie, com ar de espertalhão.

– Exatamente, enquanto estiver na minha aula. Não mencionei nada que possa ocorrer fora da minha aula, certo? – retrucou o professor Mendel, ameaçador. Ronnie calou-se.

Assim que esse incidente sem importância acabou, George fez o que Tommy havia pedido antes e olhou o que Sally Anne estava pintando. Parecia ótimo. George ficou intrigado. Por que Tommy lhe pediria para olhar aquilo? Nenhum dos dois se importava muito com as artes.

– O que é que tem? – indagou George depois da aula de Artes, quando os alunos corriam para tomar ar fresco no intervalo.

– Como assim? – retrucou Tommy. – Não estranhou nada na pintura?

George pensou a respeito antes de responder.

– Bem, ela pintou um vilarejo, em vez daquelas begônias sem graça. Eu teria usado um tom de cinza mais suave para o céu – ele disse, irônico. Depois acrescentou: – Eu não entendo nada de pintura. O que era estranho?

– Estava terminada, não estava?

– Sim, e daí?

– Aliás, a pintura da Sally Anne era a única pronta da classe.

– Onde quer chegar, Tommy?

– Como ela poderia ter tempo para isso? Afinal de contas, ela não havia saído para nos avisar que o professor Mendel estava nos esperando?

– Sim, mas ela voltou antes de nós, lembra? Ela correu na nossa frente de volta para a aula – argumentou George.

– Mas a escola fica a uns dez minutos de caminhada da banca. E dez minutos de volta.

– O que está querendo dizer, Tommy?

– Ela ainda conversou com a gente, quer dizer, com você, durante quase cinco minutos.

– E ainda conseguiu voltar para a classe e terminar a pintura... – concluiu George.

– Exato, não daria tempo.

– A menos que ela fosse uma artista talentosa – arriscou George.

– Ela teria que ser melhor e mais rápida do que qualquer um. Como nós sabemos, Lucy Stevenson é de longe a melhor, concorda? – perguntou Tommy.

– É...

– Bem, nem ela terminou a tempo.

– Então a Sally Anne é boa em Artes, grande coisa – emendou George, sem qualquer interesse pela conclusão do raciocínio. – Vejo você amanhã.

George se despediu e correu para pegar o ônibus escolar para casa.

Tommy voltou para casa caminhando lentamente. Parecia intrigado, pela expressão estampada em seu rosto. Ouviu passos atrás de si. Quando olhou, viu surpreso que era Sally Anne tentando alcançá-lo.

– Oi, Tommy – ela disse.

Capítulo 5

– Espero que o professor Mendel não tenha assustado você – ela zombou.

– Agora consigo entender por que você e o George se deram tão bem: ambos têm o mesmo senso de humor – disse Tommy.

– E o que mais você acha que temos em comum? – ela perguntou, sentindo Tommy um pouco amuado.

– Nenhum dos dois é engraçado – disse Tommy, continuando a andar.

– Não precisa ser grosso, Tommy.

– De qualquer forma, eu não sabia que você voltaria a falar comigo. Achei que você ficaria ao lado do seu parceiro de beijo depois que eu bati nele.

– Entendo – ela disse, pensativa.

– Bem, cheguei – disse Tommy, parando no portão de sua casa.

– Não vai me convidar para tomar um café? – ela se ofereceu, rindo.

Tommy ficou surpreso.

– Por quê? – perguntou, curioso.

– Porque temos muito a conversar.

Tommy não conseguia se lembrar muito bem de tê-la convidado para entrar, mas lá estava ele, colocando leite no café dela, nervoso ao oferecer biscoitos. Porém, sentia-se muito à vontade com ela, sem entender o motivo. Então, ela foi direta com ele.

– Tommy, por favor, não conte para ninguém, mas eu sou uma bruxa.

Sentado, Tommy a observava tomar calmamente um gole de café.

– O café está uma delícia, Tommy. É do Brasil?

Tommy apenas observava.

– Não diga que não adivinhou... – ela disse.

Tommy então começou a rir. Rapidamente se controlou, mas com dificuldades para se conter.

"Não vou rir na cara dela" – ele pensou. "Ela pode realmente acreditar que é uma bruxa. Afinal de contas, o George acha que é comediante, o professor Mendel acha que é professor de Artes, e ela acha que é uma bruxa. Vivemos num mundo maluco e confuso, não é mesmo?"

Ela continuou a tomar o café em silêncio. Tommy ainda tentava segurar o riso.

– Esses biscoitos de chocolate são deliciosos, não é? – ela disse. – É uma dica de que vou querer mais um.

Tommy pegou alguns e passou a lata de biscoitos para ela por cima da mesa, dizendo:

– Só se você prometer que não vai ler a minha mão – e riu da própria piada.

Ela apenas pegou os biscoitos e sorriu.

– Não preciso ler a sua mão – ela disse.

– Vá em frente, então, cartomante. O que o futuro me reserva?

– Você é obcecado pelo futuro. Está sempre pensando em ser aprovado nos exames, entrar na universidade e conseguir um emprego de repórter. De certa maneira, já está vivendo no futuro. Provavelmente é capaz de adivinhar o próprio futuro sem a ajuda de gente como eu – disse Sally Anne.

– Então, não devo pensar tanto assim no futuro. É isso o que está me dizendo?

– Não fui eu quem disse isso, foi o George, não é mesmo? – Sally Anne retrucou.

– Isso mesmo, o seu amiguinho George, que você conhece há uma semana – disse Tommy, arregalando os olhos.

– Mas estou certa. É o que ele sempre diz, viva o dia de hoje. Estou errada? – ela perguntou, séria.

– Tudo bem, você está certa. E daí? Então, eu sou do futuro, George é do presente e você... Onde se encaixa?

– Não se esqueceu de nada? – Sally Anne perguntou de modo intrigante.

– Não sei, me fale você, vidente – retrucou Tommy, desinteressado.

– O passado – ela disse.

– O que quer dizer? – perguntou Tommy.

– O futuro é importante – ela disse. – Mas George também está certo. Você também tem que viver o presente, é importante da mesma forma.

– Você mais parece uma conselheira do que uma bruxa.

– Mas o passado – ela continuou, ignorando o comentário de Tommy – também é importante.

– Você quer dizer a infância e o resto. Por acaso você é algum tipo de psicóloga da escola?

– Sou uma bruxa, não esqueça. Estou falando de vidas passadas, não de épocas anteriores da vida atual – disse Sally Anne.

Nesse momento, Tommy não conseguiu se segurar e explodiu de tanto rir.

– Perdão, sinto muito – ele repetiu entre risos e gargalhadas.

Quando o riso de Tommy passou, Sally Anne lembrou-o da pintura que havia feito na aula de Artes do professor Mendel.

– Sou uma boa pintora, Tommy, não sou? – ela provocou.

– Mas isso não faz de você uma bruxa.

– Talvez eu seja a artista mais rápida da classe, talvez do mundo.

Tommy parou. A risada tinha sido substituída pelo silêncio. Por fim, ele disse:

– Tudo bem, admito que isso foi um tanto perturbador.

– E a história de o George me beijar não deixou ambos encafifados? – ela disse.

– Como sabe que ele me contou isso?

– Eu estava na aula de Artes ontem e imaginei onde vocês dois estavam. Então, senti que estavam conversando sobre mim. É sério, quero que você, e ninguém mais, saiba a verdade a meu respeito. Foi por isso que interrompi o papo de vocês perto da banca. O professor Mendel sequer percebeu que vocês não estavam na aula. Inventei aquilo para vocês voltarem para a classe e pararem de falar sobre mim. Temia que George adivinhasse algo próximo da verdade.

– A verdade? – perguntou Tommy. – Acho que não havia perigo de nenhum de nós adivinhar que você era uma bruxa.

– Talvez não – disse Sally Anne. – Mas ele disse que me beijar era como beijar um fantasma, não disse?

– Você não estava lá quando ele falou isso. Como ficou sabendo?

Tommy parecia assustado. Primeiro ela havia dito que sentiu que ele e George estavam perto da banca. Tudo bem, podia muito bem ter sido por acaso. Ela disse que sentiu que falavam sobre ela. Certo, ela havia beijado George um dia antes, então podia ser um belo palpite da parte dela. Mas agora ela lembrou ao Tommy que George havia comparado o beijo dela ao beijo de um fantasma. Era algo específico demais.

Sally Anne sentou-se calmamente e bebeu as últimas gotas de café da xícara.

– Então o que você é? Bruxa ou fantasma? – perguntou Tommy, em tom desafiador.

– Somos todos fantasmas, Tommy. Todos nós já vivemos antes. Retornamos para corrigir as coisas erradas que fizemos da última vez.

– Não é nisso que os budistas acreditam?

– Não é apenas uma crença budista. Mas não importa no que as pessoas acreditam – afirmou Sally Anne.

A mãe de Tommy vinha chegando pela porta dos fundos. Ele conseguia vê-la através da grande janela da cozinha, atrapalhada com várias sacolas de compras.

– No que você acredita, Tommy?

– Acredito no futuro, não no passado – disse Tommy, levantando-se para sair e ajudar sua mãe com as compras. Ele olhou de volta para Sally Anne, que colocava a jaqueta da escola. Tommy sorriu para ela.

– Um dia, Tommy, você verá que grande parte do que você chama de presente é apenas ilusão – ela disse. – Quem é capaz de dizer o que é real?

Tommy dirigia-se para a porta dos fundos quando ela disse isso. Ele estava ansioso para apresentar Sally Anne para a mãe, contanto que ela guardasse a conversa de bruxaria para si mesma.

– Oi, mãe – ele disse, pegando algumas sacolas dela. – Deixe eu ajudar você. A propósito, gostaria de apresentar minha nova colega de classe. Ela gostou do seu café – Tommy falou, animado.

Embora Sally Anne não fosse sua namorada, ele sentia que, com certeza, um dia ela seria.

– Ela? – perguntou a senhora McDonald, espantada.

– Sem gracinhas, mãe, é apenas uma amiga – ele cochichou quando eles entraram na cozinha.

Mas a mesa da cozinha estava vazia.

– Então? – disse a mãe.

– Ela estava sentada bem aqui. Acho que ela ficou nervosa com o fato de conhecer você e foi embora – disse Tommy, muito aborrecido com a grosseria de Sally Anne, mesmo estando com os nervos à flor da pele.

– Não se preocupe, filho – ela disse.

A mãe de Tommy começou a lavar o pires e a xícara de café que estavam na mesa e emendou:

– Achei que você gostasse desse café brasileiro.

– Mas eu gosto – retrucou Tommy.

– Então por que não tomou uma xícara? – a mãe perguntou.

– Eu tomei! – disse Tommy, intrigado.

– Bem, vocês só usaram um pires e uma xícara? Você e a sua namorada... desculpe, sua colega de classe... dividiram a mesma xícara? – indagou a senhora McDonald.

– Não, claro que não.

– Bem, se você tomou uma xícara e ela tomou outra, onde está a outra xícara? – a senhora McDonald parou, olhou para Tommy e continuou: – Não precisa inventar histórias, Tommy. Em breve você vai trazer garotas para casa. Não tente impressionar o mundo contando lorotas. Não havia nenhuma garota aqui, não é, filho?

Tommy estava pasmo.

– Como assim? Você acha que eu inventei tudo isso? Se eu quisesse inventar histórias impressionantes, diria que tinha assaltado um banco, ou viajado até a lua. Mas tomar uma xícara de café com uma colega de classe, essa não! Você tem que acreditar em mim, ela estava bem ali.

Então, ele se lembrou de que ela havia comido alguns biscoitos de chocolate. – Veja, dê uma olhada nisso – ele disse, abrindo a lata de biscoitos. Para a sua surpresa, o pacote de biscoitos estava intacto.

– O que há de errado, Tommy? – a mãe perguntou.

– Nada – disse Tommy, contemplando o pacote de biscoitos cheio. – Acho que adormeci e tive um sonho.

Mas claro que ele sabia que não tinha sido um sonho.

Capítulo 6

Na primeira aula da manhã seguinte, Sally Anne sentou-se ao lado de Tommy.

– Tudo bem – disse Tommy. – Não tenho certeza se você é uma bruxa, um fantasma ou só está de brincadeira.

– O que quer dizer com isso? – Sally Anne perguntou, fingindo inocência.

– Que você venceu. Quero saber mais da sua história e do porquê de estar aqui.

– Do que está falando, Tommy? – ela perguntou, impaciente.

– De ontem: do caso do desaparecimento da xícara de café, da conversa de bruxa, do seu desaparecimento. Do que acha que estou falando? – disse Tommy, confuso.

– Ontem?

– Sim, ontem!

– Mas você não acredita no passado, não é, Tommy? Talvez eu nunca tenha ido à sua casa.

– Tudo bem. Sei que alguma coisa estranha está acontecendo. Você já fez a sua jogada, agora pode me dizer que jogo é esse?

– Está bem, Tommy, depois da aula – disse Sally Anne. – Se você voltar comigo para a minha casa, eu explico tudo.

– Devo ficar apavorado? – perguntou Tommy, sorrindo ligeiramente.

– Claro!

Tommy parou de sorrir.

Capítulo 7

No pátio, na hora do almoço, George notou que Tommy caminhava como se estivesse com a cabeça nas nuvens.

– Olá, sonhador! Pare de fingir que algo interessante está acontecendo dentro dessa sua cabeça oca – ele gritou para Tommy.

– Oi, George.

– Tommy, eu estava pensando a respeito do que você disse sobre a pintura da Sally Anne. É meio fantasmagórica, não é? – George arriscou.

Agora Tommy queria ser o único a saber do segredo de Sally Anne. Então, ele mentiu para George dizendo que havia resolvido o mistério da pintora mais rápida da história da escola.

– Bem, falei com Sally Anne ontem à noite.

– Ontem à noite? Quer dizer que se encontrou com ela fora da escola? – perguntou George, surpreso.

– Algum problema? Ela disse que já fez essa mesma pintura muitas vezes e que por isso consegue pintá-la tão rápido – Tommy revelou.

– Então, nenhum mistério? – perguntou George, parecendo pouco convencido.

– Nenhum.

– Bem, talvez você esteja certo, Tommy – George mostrou-se pensativo.

– Agora é você quem parece ter algo interessante dentro da cabeça – Tommy comentou.

– Você prestou atenção naquela pintura, Tommy? – perguntou George em tom de mistério.

– Não muito. Por quê? – perguntou Tommy, intrigado.

– Porque você está nela! – disse George.

George levou Tommy até a sala de artes imediatamente. O professor Mendel estava fazendo anotações numas cadernetas. George bateu à porta.

– Entre – disse o professor Mendel, acrescentando –, se for preciso.

– Olá, professor. Importa-se de olharmos umas pinturas que o senhor colocou na parede esta semana? – George perguntou.

O professor Mendel costumava emoldurar pinturas recentes dos alunos e colocar os quadros na parede da sua sala. Não porque estivesse interessado, ou que admirasse seus talentosos alunos, mas para mostrar para a professora Lewis, diretora do Departamento de Artes, que seus alunos realmente faziam alguma coisa. Sem dúvida, ele acreditava que isso acontecia porque ele era um ótimo professor. A professora Lewis certa vez disse a ele que os alunos conseguiam fazer qualquer coisa independentemente das habilidades de ensino dele. Como não estava interessado no trabalho de seus alunos, ele quase não havia reparado no quadro de Sally Anne quando o colocou na parede no dia anterior.

– Então, você virou crítico de arte? – disse o professor Mendel, desconfiado.

– Não, nada disso, professor. Estou apenas procurando formas de melhorar o meu trabalho – disse George.

– E você precisa do jovem senhor McDonald para ajudá-lo? – perguntou o professor Mendel.

– Não – disse Tommy –, também quero melhorar o meu trabalho.

O professor Mendel olhou intensamente para os dois garotos e se lembrou da professora Lewis dizendo que estava desapontada porque ele não incentivava seus alunos a se interessarem por artes. Tendo isso em mente, ele disse:

– Tudo bem, mas não façam nenhum barulho nem demorem muito.

Tommy observou o quadro. Era de um vilarejo antigo. Parecia uma cena de um livro de Charles Dickens. Havia uma fábrica feia em segundo plano e um garoto e uma garota numa carroça puxada por um cavalo de aparência muito envelhecida. Essa carroça parecia transportar carvão. Era um quadro bastante sombrio, com o céu nublado, cores escuras e pessoas carrancudas.

– Repare no garoto na carroça – disse George.

Era um verdadeiro sósia de Tommy. Mas Tommy olhava para a garota na carroça. Era a cópia de Sally Anne. O garoto e a garota eram as únicas pessoas que sorriam no quadro.

– O lugar parece bem familiar – disse Tommy.

– Ela deve ter uma queda por você – disse George.

– Silêncio! – disse o professor Mendel.

– Vamos comer alguma coisa, George – disse Tommy.

Capítulo 8

– Não vai comer as batatinhas? – George perguntou.

Foi a primeira conversa entre George e Tommy desde que eles tinham visto o quadro. Tommy sentou-se, mergulhado em pensamentos profundos, na mesa deles no refeitório.

– É um quadro tão familiar – disse Tommy por fim.

– Claro! Você o viu na aula de Artes outro dia – disse George.

– Não, não o quadro – disse Tommy. – Quero dizer, a cena como um todo. Parece que já estive lá antes. A fábrica, o vilarejo, tudo parece tão familiar.

– Talvez você tenha visto num livro ou algo assim, ou então...

– Claro, foi no sonho!

– Qual sonho? – perguntou George.

– O sonho que tive na noite anterior ao dia em que Sally Anne chegou na nossa classe.

– Ah, esse sonho – disse George.

– É claro! – retrucou Tommy. – Foi muito estranho. Ainda não faz sentido para mim. Não consigo me lembrar do sonho muito bem, mas no instante em que vi a Sally Anne, tive certeza de que a reconheci. E agora esse quadro... Talvez a gente tenha vivido antes!

– Vivido antes? O que quer dizer com isso?

– Nada! Quem sabe? Vou perguntar a ela hoje à noite.

– Hoje à noite? – George agora se irritou. – Como assim hoje à noite? Ah, esquece, o que você quer dizer com "vivido antes"? Sabe, Tommy, talvez haja mesmo alguma coisa interessante acontecendo na sua cabeça!

– Falo com você a respeito disso amanhã, isto é, se fizer algum sentido – disse Tommy.

Tommy ficou calado pelo resto do dia. Quase não escutou George dizer "até amanhã" antes de pegar o ônibus escolar para casa naquele final de tarde. Tommy estava muito intrigado com Sally Anne, vidas passadas, o quadro, bruxas, fantasmas e um monte de coisas.

Entretanto, o que Tommy não sabia era que George tinha ficado sentado no pátio da escola parecendo totalmente ausente depois de beijar Sally Anne.. Por quê? Porque, além de sentir que beijava um fantasma, ele sentiu como se tivesse sido transportado de volta no tempo. Na verdade, ele parecia ter entrado num transe hipnótico, pois lembrava nitidamente do vilarejo, da fábrica, do velho cavalo cansado, da garota na carroça. Em outras palavras, quando George beijou Sally Anne, ele parecia ter sido transportado de volta no tempo, para a cena que Sally Anne pintou na aula. George achava que tinha sido sua imaginação. Mas, depois de ter visto a pintura, ficou muito apavorado. Porém, durante o transe, ele não reparou em ninguém sentado ao lado da sósia de Sally Anne na carroça do quadro. George lembrava dela carrancuda e sozinha. Fora esse único detalhe, o quadro era uma réplica exata da cena que ele lembrava do transe.

Claro! George, o bom e velho George, não era o tipo de cara que levava a sério transes e coisas assim. Mas ele sentia que havia alguma coisa acontecendo. Até mesmo Tommy, o supersensível Tommy McDonald, achava que o quadro era familiar. – "Mas de onde Tommy reconhecia aquele quadro? Apenas do sonho?" – pensou George.

Parecia mais do que isso. George decidiu agir como se não estivesse tão interessado na história toda. No entanto, ele estava secretamente fascinado por tudo aquilo e mal podia esperar para saber o que Tommy diria no dia seguinte.

Capítulo 9

Sally Anne se enfiou atrás de Tommy nos portões da escola e de repente gritou:

– Peguei você!

– Minha nossa! – Tommy berrou.

Então ele percebeu que era apenas Sally Anne brincando.

– Você continua sem graça – ele disse, seco.

– Ora! Anime-se, jovem ranzinza. E ande logo, ou vamos perder o trem! – ela disse, apressando-se.

– Trem? – gritou Tommy atrás dela.

– Isso, venha, não moro nesta parte da cidade! – ela chamou Tommy novamente.

"Se ela não mora nesta parte da cidade, por que frequenta esta escola?" – Tommy pensou.

Eles pegaram o trem bem na hora. Sally Anne mostrou seu passe de trem de estudante ao fiscal, que pareceu desanimado demais para verificá-lo direito.

– Você falou antes que eu deveria ficar apavorado – disse Tommy, não totalmente convencido de que deveria.

– Bem – ela respondeu –, isso depende se você tem a mente aberta.

– Como assim? – perguntou Tommy.

– Não sei se você está pronto ou não, mas vamos lá. Observe isto.

Sally Anne levantou-se no trem e andou até a porta do vagão.

– Com licença, pessoal. Atenção, gente – ela gritou. – Escutem, por favor.

Tommy ficou tão envergonhado que afundou no banco em que estava sentado. Sally Anne continuou.

– Gostaria de cantar uma música para vocês.

E ela começou a cantar: *"She loves you, yeah, yeah, yeah"*, o refrão de uma antiga canção dos Beatles. E ainda por cima dançou! Então, ela subiu num assento vago perto de um respeitável, mas muito mal-humorado senhor de meia-idade. Ela batia palmas e cantava a plenos pulmões.

Tommy estava inquieto. Fechou os olhos e fingiu dormir. Sally Anne percebeu e resolveu chamar a atenção para ele.

– Ouçam todos mais uma vez. Tenho uma notícia escandalosa para dar a vocês. Estão vendo ali, naquele assento? – Tommy sabia que ela estava apontando para o assento dele. – Ali está sentado Tommy McDonald, que nunca beijou uma garota, nenhuma.

"Fique quieta! Por favor, cale a boca!" – Tommy disse mentalmente, perguntando-se o que tinha acontecido com Sally Anne.

Nervoso, ele olhou ao redor, esperando que todos no vagão o encarassem. Para sua surpresa, tudo estava como antes. Ninguém se mexeu. Aliás, todos continuavam a fazer exatamente o que faziam antes de Sally Anne começar sua cena. Na verdade, parecia que Sally Anne era invisível para eles! Ele se levantou e disse:

– Sally Anne...

Mas, antes que pudesse continuar, quase todos no vagão olharam para ele sozinho, em pé, falando o nome de uma garota!

– Ninguém pode me ver nem ouvir – Sally Anne gritou.

– Mas eles me ouvem! – disse Tommy sem pensar. E, claro, os demais passageiros olharam mais uma vez para ele, achando que se tratava de um doido.

– Sim, eles podem ouvi-lo muito bem. Mas não a mim. Veja só!

Sally Anne falou com ar de travessura e foi até um senhor careca:

– Olá, carequinha, cadê o seu cabelo?

Mais uma vez, Tommy não pensou e deixou escapar:

– Sally Anne! Pare com isso! A falta de cabelo não é culpa dele!

O idoso sem cabelo encarou Tommy.

– Está falando de mim, rapazinho?

– Não, não, claro que não – Tommy negou.

Outro careca que estava mais adiante no vagão levantou-se furioso:

– Bem, nesse caso, o jovem insolente deve estar falando de mim.

– Não, não, desculpe, foi um engano. Sinto muito.

Agora Tommy estava realmente confuso.

– Bem, então ele deve estar falando de mim – disse outro homem, tirando o chapéu e mostrando a careca reluzente.

Era um pesadelo. Todos os três carecas se levantaram e começaram a se aproximar lentamente de Tommy.

– Você precisa aprender uma lição, seu moleque atrevido – disse um deles.

– É sério, foi um engano. Eu não estava falando de nenhum de vocês – ele implorou, afastando-se dos homens que avançavam.

– Nesse caso, você deve estar falando de mim! – disse a voz de um quarto homem com cabelo. Ele levou as mãos à cabeça e arrancou o cabelo. Era uma peruca! Ele também era careca!

– Como sabia que era peruca, rapaz? Você é espião? – perguntou o quarto homem.

"A coisa está ficando cada vez pior" – pensou Tommy.

– Como eu saberia que você é careca? Como assim, espião? Sally Anne? – Tommy chamou.

De repente, o trem parou. Não estava perto de nenhuma estação. Estranhamente, todos os passageiros estavam novamente sentados. O homem de peruca estava com a peruca no lugar. O careca de chapéu estava com o chapéu intacto. Ambos liam jornais como se nada tivesse acontecido. Tommy voltou a sentar-se e se perguntou se tudo não passava de um sonho, um transe.

O trem voltou a se movimentar. Sally Anne apareceu sentada ao lado de Tommy. Tudo o que ele escutava agora era o barulho do trem trepidando ao longo dos trilhos.

– Isso realmente aconteceu? – Tommy perguntou a Sally Anne.

– Sim – confirmou Sally Anne.

– Mas por que eles... – Tommy olhou para todos sentados como se nada tivesse acontecido.

– Eles não se lembram – interrompeu Sally Anne.

– Eles não se lembram? – repetiu Tommy, incrédulo.

– Não se lembram de nada – respondeu Sally Anne.

– Como é possível? – perguntou Tommy.

– Eu os hipnotizei. Está começando a acreditar em mim, que sou uma bruxa?

– Estou começando a perder a cabeça – respondeu Tommy, completamente desnorteado. – Como vou saber se você também não me hipnotizou e nada disso aconteceu?

– Boa pergunta. Você vai ter que confiar em mim.

O trem entrou na estação em uma parte da cidade que Tommy não conhecia.

– Onde estamos? – Tommy perguntou, tentando se recuperar do choque provocado pelo fantasmagórico incidente no trem.

– Estamos no vilarejo onde moro – disse Sally Anne.

– Nunca estive aqui antes – afirmou Tommy.

Ela olhou para ele e sorriu.

– Tem certeza de que nada lhe parece familiar? – ela perguntou.

Tommy olhou ao redor, procurando reconhecer alguma coisa. Lembrava-se vagamente do traçado geral da rua principal, mas todos os vilarejos tendiam a ser um pouco parecidos.

– Não, acho que não – ele disse.

– Mas devia. Você nasceu aqui – revelou Sally Anne.

– Mas eu nasci em Belldale, que fica a centenas de quilômetros daqui – ele disse.

– Talvez na vida atual. Porém, na vida anterior, você nasceu aqui.

– Não acredito em nada disso, é muito absurdo.

– Ora, realmente! Tenho certeza de que você acredita num monte de coisas absurdas.

– Do tipo?

– Você acredita no futuro. Acredita que será jornalista, que será aprovado nos exames e em muitas outras coisas – ela insistiu.

– Então! Eu sei para onde vou, do mesmo jeito que muita gente – Tommy afirmou. – O que há de errado nisso?

– Eu não disse que havia algo de errado nisso. Mas, se você acredita no futuro, por que não no passado? Quer mais provas?

Tommy pensou na cena do desaparecimento dela em sua casa, e na viagem de trem. Mas, embora essas coisas o assustassem, ele não tinha certeza de que Sally Anne era uma bruxa. Ela podia ser apenas uma garota confusa sem nada melhor para fazer. Mas por que ela havia cismado com ele?

"Por que eu?" – ele pensou.

– Tudo bem, se você quer apresentar mais provas, mande brasa, dê o pior de si – ele desafiou, embora estivesse um pouco apreensivo.

Sally Anne ficou decepcionada e, então, depois de pensar por um tempo, disse:

– Está bem, observe isto.

Sally Anne levou as mãos ao rosto de Tommy, segurou-o por um instante e o beijou.

Tommy não teve tempo para reagir e, antes que percebesse, sua cabeça girava. Sally Anne recuou e Tommy abriu os olhos, mas ele se espantou ao notar que estava num cenário muito diferente. Não conseguia acreditar no que via. Ele estava no mesmo lugar, mas havia cartazes na vitrine de uma loja nos quais estava escrito "Padaria Rolwell", além de outras coisas, e todos na rua usavam roupas fora de moda, muito antiquadas, da época vitoriana, na verdade. Ele começou a sentir cheiros bastante estranhos. Então, percebeu que não existiam carros, apenas carroças puxadas por cavalos. Reparou ainda que a estrada não era asfaltada, era de terra, como num velho filme de faroeste. Os barulhos eram de cavalos trotando, carroças circulando e cocheiros estalando chicotes. Era como se ele tivesse voltado no tempo! Então, ele olhou para Sally Anne e viu que ela usava o mesmo vestido fora de moda que ele se lembrava de ela ter pintado na aula de Artes do professor Mendel. Ele ficou perplexo. Sua mente tentava entender o que estava acontecendo.

– Acorde – ele dizia em voz alta para si mesmo. – Acorde, Tommy!

– Você está acordado! Mais acordado que o normal. O que você considera acordado não é tão acordado quanto isto. Isto é real, Tommy! – afirmava Sally Anne.

Ele olhou ao redor e imediatamente reconheceu a velha fábrica da pintura. Na verdade, ali tudo era exatamente igual à pintura. De repente, Tommy percebeu que usava roupas diferentes. Ele estava vestido exatamente como o garoto na pintura de

Sally Anne, com a mesma boina na cabeça, a mesma calça marrom com suspensórios, a mesma camisa branca listrada sem colarinho.

– Não pode ser real! Não pode ser! Não pode ser!

Tommy começou a sentir que estava adormecendo.

– Não pode ser, não pode ser, não pode ser... não pode…

Capítulo 10

– Acorde, Tommy, acorde – a senhora McDonald sacudiu o filho.

– Não pode ser – ele continuava murmurando para si mesmo.

– Acorde, filho – insistiu a mãe.

Tommy abriu os olhos, mas estava difícil acordar.

– Onde estou? – ele murmurou, totalmente confuso.

– Na sua cama! Onde mais estaria? Levante, depressa! Você vai se atrasar. Vamos, Tommy, você não é assim. Onde anda com a cabeça nos últimos tempos? – perguntou a senhora McDonald.

– Gostaria de saber... – disse Tommy.

– O que disse?

– Nada – ele respondeu, sonolento.

"Será que Sally Anne, a garota que senta do meu lado na escola, é realmente uma bruxa?" – Tommy pensou.

Como ele foi parar na cama na noite passada? Mais diretamente ao ponto, como ele chegou em casa? Teria sido um sonho? Afinal de contas, ele havia sonhado com Sally Anne antes.

Enquanto se vestia, pensando nos estranhos acontecimentos recentes, ele ouviu a mãe gritar para o pai.

– David, essa boina é sua?

– Boina? Não tenho nenhuma boina. Está me chamando de velho ou algo assim?

– Algo assim... – gritou Tommy no andar de baixo.

– Muito engraçado – gritou o pai. – É sua, Tommy?

– Claro que não! – ele escutou a mãe dizer bruscamente para o pai.

Então, a ficha caiu. Claro que a boina era dele! Ele lembrou de tê-la usado quando foi levado misteriosamente de volta no tempo. Mas como poderia ter certeza?

– Na verdade, é minha sim – disse Tommy, pegando a boina de cima da mesa. Ele correu para a porta, ainda dizendo:

– Tenho que ir – e sumiu na rua.

"Meus pais não fizeram nenhuma pergunta a respeito de ontem. Devo ter chegado em casa no horário e sem nenhuma circunstância suspeita. Caso contrário, eles teriam feito perguntas constrangedoras" – Tommy pensou.

Sally Anne faltou no dia seguinte.

"Droga! Precisava esclarecer algumas coisas com ela" – pensou Tommy. Ele esperou até chegar a hora da aula de Artes para observar a pintura de Sally Anne. Queria verificar se a boina que o garoto na carroça usava era igual à que ele encontrou em casa naquela manhã. Assim ele poderia ter certeza se realmente havia alguma conexão entre o quadro e as suas experiências no dia anterior. Onde estaria Sally Anne? Ele realmente queria perguntar a ela o que estava acontecendo. "E que diabos ela quer comigo?" – pensou mais uma vez.

Ele foi o primeiro a chegar à aula de Artes. Conseguiu escapar de George quando a turma ia da sala de matemática em direção à sala de artes. Ele queria olhar a pintura sozinho. Tommy examinou ao redor para ter certeza de que ninguém estava prestando atenção nele, e então abriu sua mochila. Pegou a boina e colocou ao lado da pintura. Mas a pintura agora era diferente! Retratava uma cena completamente diferente daquela do dia anterior.

Tommy não acreditou no que via. "Acho que estou olhando o quadro errado" – ele pensou. Mas não estava. A assinatura era de Sally Anne. "Ela deve ter entrado às escondidas e substituído o original" – Tommy pensou consigo mesmo. Por algum motivo, no fundo ele sabia que aquilo não era verdade. Mas o ajudou a se acalmar no momento. A nova cena mostrava o mesmo garoto e a mesma garota, mas ambos estavam numa carruagem! Uma daquelas da Idade do Bronze. De fato, as pessoas que andavam ao lado da tal carruagem pareciam vikings ou saxões. Não existiam construções de pedra, apenas cabanas de palha.

Tommy se perguntava se ele não deveria procurar a enfermaria da escola para confessar que havia perdido o juízo! Ela devia ter trocado o quadro. Só podia! Era a única explicação. O quadro não poderia ter mudado sozinho, poderia? Tommy não sabia mais no que devia acreditar.

Ele se sentou, mais confuso do que nunca. George sentou-se ao lado dele.

– Eu fiz alguma coisa de errado? – George perguntou.

– Não, por quê?

– Porque acho que você não trocou mais do que duas palavras comigo o dia todo. Qual o problema? Preocupado demais com o futuro de novo? – provocou George.

– Preocupado com o meu passado – retrucou Tommy.

– Do que você está falando agora? – George não entendeu.

– George, dê uma olhada no quadro da Sally Anne depois da aula.

– Por quê?

– Apenas dê uma olhada.

– Tudo bem, tudo bem.

Capítulo 11

No final da aula, a maioria dos alunos foi embora rapidamente. O professor Mendel viu George e Tommy observando o quadro de Sally Anne.

– O que esse quadro tem que tanto fascina vocês? – ele questionou, ríspido.

– A Sally Anne pintou esse quadro recentemente, professor? – perguntou George.

– Está de brincadeira, filho? Vocês estavam aqui quando ela o pintou, não estavam?

– Mas não é o mesmo – disse Tommy, apontando para o novo quadro na parede.

– Claro que é! – disse o professor Mendel.

– Quer dizer que ninguém mexeu nele?

Tommy foi interrompido pelo professor Mendel.

– Fora daqui. Vão para a próxima aula, seus tagarelas. Claro que ninguém mexeu nele. Que tipo de brincadeira seria essa? Vocês não deveriam estar espremendo espinhas, falando sobre garotas ou qualquer outra coisa que garotos fazem? Moleques atrevidos – gritou o professor Mendel enquanto os encaminhava para fora de sua sala de aula. – Até breve! Só que da próxima vez, por favor, tragam os seus cérebros com vocês.

E, com isso, o professor Mendel bateu a porta.

– Velho chato! – disse George.

– Talvez a gente possa trazer a Sally Anne para jogar um feitiço nele – disse Tommy, rindo pela primeira vez naquele dia.

– Como se ela fosse uma bruxa mesmo – riu George, sem saber de toda a verdade. – A bruxa mais bela que já vi.

– Concordo. Por falar nisso, por que você parou de assediá-la depois do primeiro beijo? – insinuou Tommy com malícia.

George ficou totalmente quieto.

Tommy percebeu que poderia conseguir algumas dicas de George se lhe pedisse para contar a história toda do que havia acontecido entre ele e Sally Anne. Então, perguntou ao amigo o que havia ocorrido de fato entre eles. George simplesmente contou que ele e Sally Anne trocaram apenas um beijo rápido, nada mais. Novamente mencionou que alguma coisa fantasmagórica aconteceu, mas tinha dificuldade de lembrar todos os detalhes.

– Na verdade – George disse –, não consigo lembrar o que de fato aconteceu e o que era sonho. Não tenho certeza se não imaginei a coisa toda. Lembro-me apenas das últimas palavras dela daquela noite.

– E quais foram? – perguntou Tommy, ansioso.

– Ela só disse: "Não, você não é o cara certo."

– Pelo menos ela foi sincera... – disse Tommy, maldoso.

– Não foi isso. Era como se ela estivesse procurando alguém em particular.

– Mas todos nós procuramos!

– Não, mas era como se ela só pudesse reconhecer pelo beijo.

– Isso não faz nenhum sentido, George – fingiu Tommy. Mas, claro, o que George contou fazia todo sentido para Tommy.

Mas só havia uma pessoa que poderia explicar tudo. "Onde estará Sally Anne?" – pensou Tommy.

Capítulo 12

– Como foi a escola hoje? – perguntou a mãe de Tommy assim que ele chegou.

– Normal – respondeu ele automaticamente.

– Eu ia perguntar hoje de manhã, Tommy, onde você conseguiu aquela boina? – indagou a mãe.

– Em outra época – respondeu Tommy, saindo da mesa da cozinha para seu quarto.

– Sem graça – comentou a mãe, um pouco curiosa.

Tommy estava deitado na cama, examinando os livros nas prateleiras. Ele tentava se distrair do crescente mistério da bruxa, Sally Anne, se é que ela era mesmo uma bruxa.

Exatamente naquele momento, a imagem de Sally Anne passou em sua cabeça. Ele fechou os olhos e a viu ainda mais claramente. Ela estava pegando um telefone.

"Será que estou sonhando?" – ele se perguntava, tentando escapar daquilo. "Será que estou imaginando coisas?"

A cabeça dele parecia descontrolada. Ele teve a visão de Sally Anne discando números num aparelho de telefone, e tentou ver quais números eram, mas só conseguiu pegar os quatro últimos dígitos: 4, 1, 8, 1.

"Ei!" – ele pensou. "São os quatro últimos dígitos do meu número de telefone!"

Naquele exato momento, a visão desapareceu e Tommy ouviu o telefone tocar no andar de baixo. Ele escutou seu pai atender.

– Alô? – disse o pai. – Sim, vou ver se ele está... Tommy! É para você.

Tommy ficou paralisado. Uau! Talvez existisse alguma verdade nessa coisa de clarividência, afinal de contas. Ele tentava esclarecer aquilo. De qualquer forma, não poderia ser Sally Anne. Ela sequer sabia o número dele.

"Deve ser o George" – ele pensou.

Conforme desceu as escadas, ouviu a mãe perguntar ao pai quem queria falar com o Tommy.

– Ela disse que é uma antiga namorada – o pai retrucou.

– Uma antiga namorada! – exclamou a mãe. – Mas o Tommy nunca teve namorada, pelo menos não que eu saiba.

Tommy viu o telefone em cima da mesinha. Será que devia atender? A mãe estava certa. Ele nunca teve nenhuma namorada. Pelo menos achava que não. Não nesta vida! Ele atendeu.

– Alô?

– Oi, Tommy.

Era Sally Anne!

– Com certeza, Tommy, não nesta vida – ela disse, como se tivesse acabado de ler o pensamento dele.

– Precisamos conversar – ele disse, impaciente.

– Quem é essa garota no telefone, Tommy? – gritou a mãe, levantando-se da cadeira.

– Você está namorando escondido da gente e não conta nada! – gritou o pai, também levantando-se.

– Vamos ter que grampear o telefone – riu a senhora McDonald. – É a única maneira de descobrirmos o que está acontecendo por aqui.

– Tommy – chamou Sally Anne ao telefone, tentando retomar a atenção de Tommy. – Encontre-se comigo na estação de trem em uma hora.

– Como conseguiu o meu número? – ele questionou, mas ela desligou.

A estação de trem!

"Motivos para preocupação..." – pensou Tommy. "Primeiro: ela sabe o meu número. Segundo: está escuro. Terceiro: a última viagem de trem com Sally Anne me deixou doido. Quarto: está chovendo e vou me molhar. Quinto: a mamãe e o papai também estão muito interessados na pessoa que acham que é o amor da minha vida. Sexto: ainda não tenho o amor da minha vida. Sétimo: estou entrando em pânico!"

Enquanto enumerava os motivos de preocupação, ele subiu a escada, trocou de roupa, colocou os jeans e a jaqueta e, ao mesmo tempo, escapou de todas as perguntas que seus pais intrometidos fizeram.

– Tommy, você não está ouvindo. Aonde vai? – perguntou a mãe.

– Tem alguma coisa errada, filho? – perguntou o pai quando Tommy saltou os últimos degraus da escada.

– Acho que tem algo errado, Jean – ele ouviu agora a voz distante do pai dizer para a mãe.

"Belo detetive" – pensou Tommy com ironia. "Oitavo: os meus pais são chatos! Nono: aonde isso vai me levar?! Décimo: que droga eu vim fazer aqui?"

Ele agora estava na estação. Chegou meia hora mais cedo. Estava ensopado, cansado, confuso. Essa meia hora passou lentamente. Demorou, mas passou.

E, décimo primeiro: lá vem Sally Anne!

Capítulo 13

– Tudo bem – disse Tommy, objetivo –, o que está acontecendo? Esse mistério vai ter que ser resolvido hoje à noite.

– E será – concordou Sally Anne.

– Ok, comece a falar – disse Tommy.

– Você é muito difícil de convencer, Tommy, não vai acreditar em mim se eu simplesmente contar. Quero lhe mostrar mais uma vez o que você chama de coisas estranhas. Acho que é a única maneira de convencê-lo a entender o motivo de eu estar aqui.

– Não sei se eu aguento mais. Os últimos dois dias foram muito turbulentos. Acho que não consegui dormir nem um instante. Sei que devo algumas explicações aos meus pais. Mas o que posso explicar? Não tenho a mínima ideia – disse Tommy, passando as mãos no cabelo.

– Tommy, se ao menos você tivesse fé. Assim eu não teria que fazer você passar por tudo isso.

– Sinto que estou perdido – afirmou Tommy.

– Não, essa não é a palavra certa – disse Sally Anne. – Tudo o que realmente aconteceu com você é que você abriu sua mente...

– Lá vem você de novo! – disse Tommy.

– Como você poderia entender coisas estranhas, coisas especiais, se não tivesse a mente aberta?

– Pois bem, doutora fantasma – disse Tommy, num tom amargo –, a minha mente está aberta o suficiente agora?

– Quase.

Tommy suspirou e então disse:

– E se eu apenas dissesse adeus e não pensasse novamente nessa coisa toda? E se eu pedisse para você me deixar em paz? Tudo cairia no esquecimento, não é mesmo? E se fosse o caso, nada disso teria essa importância toda. Eu não preciso continuar com isso. Pouco me importa se você é uma bruxa ou não. Só quero de volta a minha vida real. Aquela que me pertencia antes de você entrar em cena.

– Você pode até fugir, mas não pode se esconder. Venho perseguindo você há séculos, não porque eu queira, mas porque preciso!

– Vem me perseguindo há séculos! – exclamou Tommy. – Está cada vez pior... Estou tentando acreditar em você. Quero esse assunto resolvido!

Mas não consigo. Eu simplesmente não posso aceitar essa situação.

– É por isso que vamos pegar o último trem para Rolwell. Eu sabia que você não acreditaria em mim. Desta vez, se você realmente quiser resolver a charada, terá que fazer o que eu disser.

– Caso contrário…

– Caso contrário, vou deixá-lo em paz pelo resto desta vida. Você será um jornalista bem-sucedido, terá tudo o que quiser, merecidamente. Mas, quando envelhecer, vai pensar muito a respeito deste episódio, que vai infernizar a sua cabeça, e que ficará cada vez mais marcante para você à medida que você perceber os poucos anos que lhe restam. Você sentirá frustração por não ter ido atrás disso. Essa frustração vai amargurar os últimos anos da sua vida. Você vai perceber, como acontece com a maioria das pessoas quando corre contra o tempo, que um dos propósitos da sua vida seria enfrentar todos os problemas, com ou sem medo. Todas as suas glórias jornalísticas não terão nenhum valor ao lado dos seus arrependimentos. Porque, o que quer que você conquiste, você sempre vai achar que poderia ter feito mais. E, se tivesse ao menos enfrentado esse episódio com coragem, talvez tivesse descoberto um grande segredo. E quando pensar no sentido da vida, vai desejar ter explorado profundamente todos os mistérios dela.

Tommy ouviu até o fim. Ele sabia como planejar seu futuro, mas também sabia que Sally Anne dizia a verdade. Visualizou sua velhice, sentado numa poltrona confortável sobre a grama bem cuidada de um belo jardim mediterrâneo banhado pelo sol, pensando na vida. Sabia que o fato de ele nunca ter perseguido o que os jornalistas chamariam de uma grande história o aborreceria. Também sabia que de alguma forma perderia a chance de explorar o potencial das vidas passadas, a clarividência, os fantasmas, coisas das quais o mundo quer saber mais a respeito há séculos.

Sally Anne continuava a olhar para Tommy, esperando que ele concordasse em pegar o trem. A chuva continuava a desabar. Eles estavam na plataforma e o barulho do trem chegando à estação interrompeu os pensamentos de Tommy. Ele sabia que tinha de enfrentar o mistério que estava por trás de tudo aquilo.

– Preciso ficar apavorado? – ele perguntou novamente, sabendo a resposta. De qualquer maneira, já estava conformado de ter de pegar o trem.

– Depende se você tem a mente aberta – disse Sally Anne, sorrindo ligeiramente.

Tommy abriu a porta do trem para Sally Anne. Ela embarcou e procurou por Tommy, mas ele ainda estava na plataforma. Ele parecia juntar toda sua coragem antes de segui-la. O trem começou a se movimentar. Ele pulou para dentro. Eles procuraram lugares e sentaram-se.

– Por que Rolwell? – perguntou Tommy. – Qual a importância de Rolwell?

– Como eu disse – respondeu Sally Anne –, é a sua cidade natal. Vou mostrá-la para você se familiarizar gradualmente com ela conforme conversamos.

– Quer dizer que eu realmente vivi antes?

– Sim, muitas vezes!

– Você também? – ele perguntou.

– É claro! Todos neste trem já viveram. Todas as pessoas do mundo já viveram.

– Para quê? – perguntou Tommy.

– Calma, Tommy. Eu posso ser uma bruxa, uma bruxa do bem por sinal, mas isso não significa que eu saiba resolver o enigma da vida – ela riu.

– Mas você sabe mais sobre isso do que eu – disse Tommy, que esperava mais esclarecimentos do que Sally Anne até então oferecia.

– Bem, eu posso torná-lo consciente dos acertos e erros de nossas vidas passadas. Posso indicar quais mudanças você queria fazer na sua última vida. Não sei de tudo, mas sei que vivemos de novo para ter uma segunda chance de corrigir as coisas em que falhamos da última vez. Todos temos que seguir em frente, mas, se estivermos presos a alguma pendência, em cada nova vida precisamos de ajuda para superar o que quer que esteja nos segurando.

– Complicado. Não posso fingir que entendo tudo o que você está me dizendo – disse Tommy, intrigado.

Sally Anne pensou por um momento e, então, disse:

– Observe isto. Está vendo o rapaz sentado ao lado da janela? – ela perguntou, apontando para o outro lado do vagão.

– Sim... – respondeu Tommy, desconfiado.

– Posso lhe mostrar um pouco da história dele. Posso lhe mostrar como ele era nas vidas passadas.

Tommy não estava disposto a desafiá-la depois de tudo o que ele tinha passado, mas estava curioso para ver aquilo.

– Está bem – ele disse. – É um jeito original de passar o tempo durante uma viagem de trem!

Tommy tentava mostrar-se cético, mas Sally Anne sabia que ele já não era mais tão cético. Além disso, não faria mal algum.

– Primeiro – ela disse –, você tem que me beijar.

– Como?!

– Tommy, você e eu estamos ligados por um amor que é muito, muito antigo. O poder dele vem se consolidando há vários séculos. É um poder único e especial. É essa força que me permite lhe mostrar todas essas coisas estranhas. E é por isso que você tem que me beijar.

Tommy pensou um pouco. Sempre foi analítico. Achou que a afirmação de Sally Anne parecia lógica. Também notou que não sentia mais medo. Estava apenas curioso, muito curioso. Assim, por essa razão, ele se inclinou sobre a mesa que havia entre eles e disse:

– Venha cá então.

Sally Anne se aproximou, e eles se beijaram. No mesmo instante, Tommy caiu para trás no assento. Estava vendo estrelas. As cores de tudo no vagão mudavam a cada segundo. O homem para o qual Sally Anne havia apontado antes parecia brilhar. Levemente a princípio, depois gradualmente, seu casaco marrom-escuro parecia adquirir uma luz amarela brilhante ao redor. O homem continuava olhando pela janela do trem, sem sentir nada de estranho ocorrendo. Todas as cores nele – o rosado da pele, o escuro do cabelo, o verde dos olhos, o vermelho do nariz – começaram a se tornar incrivelmente brilhantes, cada vez mais brilhantes, até que uma imensa explosão de cores espalhou faíscas em volta dele, como se ele próprio tivesse explodido. Mas o homem continuava sem perceber o que estava acontecendo.

Tommy ouviu Sally Anne dizer:

– Essa explosão é como nós, vou tentar explicar, entramos em sintonia com ele. O passeio fica um pouco turbulento daqui em diante, Tommy, segure-se no assento com mais força agora – então ele a escutou rir, como se tudo não passasse de uma brincadeira!

Tommy olhou de novo para o homem. Ele parecia mais jovem. Primeiro, aparentava ter 35 anos, mas agora tinha cerca de 25. Vestia um paletó diferente, mais vistoso. Depois, ele pareceu ficar ainda mais novo, bem na frente dos olhos de Tommy.

Tommy piscou, e o homem se tornou um garoto da sua idade. Tommy tentou não piscar naquele instante, para não perder nada. No momento seguinte, ele era um menino. Depois, um bebê.

Tommy não conseguia acompanhar o ritmo. Ele escutou um leve estouro, e o bebê pareceu explodir em cores brilhantes.

Agora só havia poeira, que sumiu para revelar um homem com uniforme de soldado alemão da Segunda Guerra Mundial!

Ele foi ficando mais jovem, mas num ritmo bem mais rápido que antes. Era quase como assistir a um borrão, que mudava constantemente. Um novo estouro, e o soldado agora era um marinheiro da época do almirante Nelson.

Outro estouro. Agora ele era uma criança vestida em trapos dos tempos de Shakespeare. O tempo todo o homem mudava, sua pele alongava e encolhia, seu rosto aumentava e diminuía, seguindo o ritmo.

Sally Anne então disse:

– Olhe em volta do vagão.

Todas as pessoas no vagão passavam pelas mesmas transformações. Todas as vidas passadas delas passavam diante dos olhos de Tommy!

De repente, o trem parou com um solavanco. Agora, em vez de as pessoas no vagão estarem apenas sentadas, todas se levantaram e começaram a vivenciar importantes experiências de suas vidas passadas!

Os homens que foram soldados nas vidas passadas estavam cobertos de sangue. Tommy podia vê-los sendo atingidos por disparos. Ele os via contorcerem os rostos de dor. Ele ouvia os gritos.

Viu outros homens lutando com espadas, como se estivessem na época dos piratas. Viu espadas penetrando na carne enquanto piratas lutavam até a morte uns contra os outros. Todas essas cenas medonhas aconteciam ao mesmo tempo. Tudo mudava instantaneamente para outras cenas conforme as vidas passadas dos outros passageiros do trem se desdobravam diante dos olhos de Tommy.

As cenas eram tão reais que ele podia sentir o cheiro do mar, dos campos, do sangue, de tudo. Aquilo também já o estava afetando. Ele fechou os olhos, o que não fez a menor diferença: continuou a ver tudo. Tapou as orelhas com as mãos, mas continuou a ouvir tudo. Gritou, mas nada mudou. Mesmo de olhos fechados, viu que os outros passageiros, todos envolvidos em cenas terríveis de vidas passadas, ouviram seu grito.

Os piratas riram e começaram a andar em direção a ele. Os soldados apontaram os rifles para ele. Todos zombavam dele, com vozes cheias de ira. Semblantes desfigurados, retorcidos de dor e de medo, estavam a poucos centímetros dele quando ele ouviu Sally Anne dizer:

– Grite para eles: "A vida de vocês chegou ao fim!". Depressa, Tommy!

Sem hesitar, Tommy gritou:

– A vida de vocês chegou ao fim!

Todas as horríveis criaturas das vidas passadas dos passageiros explodiram no mesmo instante. Pedaços deles voaram contra janelas, poltronas e portas. Havia sangue espalhado por toda parte.

Nessa hora, o trem deu um solavanco para a frente. Tommy piscou. Quando reabriu os olhos, foi como se nada tivesse acontecido. Ele estava ofegante e sem fôlego. Um ou outro passageiro olhou para ele. Agora todos pareciam completamente normais. Depois, voltaram a ler jornais, conversar ou simplesmente olhar pela janela.

Sally Anne olhava para ele, preocupada. Novamente, o único barulho que se escutava era o som do trem avançando na linha.

Tommy espiou pela janela. Era dia, um dia brilhante e ensolarado! Mas quando ele e Sally Anne tinham entrado no trem, eram nove horas da noite, estava escuro e chovia.

– Está tudo bem? – ele ouviu Sally Anne perguntar.

– Deveria estar, depois de tudo o que passei? – perguntou Tommy.

– Isso depende.

– Do quê?

– Da sua determinação para consertar o passado – ela disse.

– Depois disso, determinação total! – ele disse, afinal, absolutamente convencido de que estava sob o domínio de forças mais poderosas do que ele.

– Bem, nesse caso, vai ficar tudo bem.

– Nossa, que alívio, só de ouvir isso!

Tommy sentou-se pensando em mil coisas ao mesmo tempo. Talvez fosse um truque. Não, de jeito nenhum. Era real demais. Toda vez que uma dúvida vinha em sua mente, bastava ele olhar pela janela para ver a plena luz do dia às nove e quarenta e cinco da noite, como ele conferiu no relógio.

O trem parou na estação de Rolwell, e todos os passageiros se levantaram. Como de costume, houve alguns empurrões enquanto os passageiros tentavam passar pelo corredor estreito. Acidentalmente, Tommy esbarrou no homem para o qual Sally Anne havia apontado, aquele que olhava pela janela do outro lado do vagão. Com essa pequena colisão, o homem deixou cair o jornal que segurava. Tommy se abaixou para pegá-lo.

– *Danke schön* – disse o homem, que imediatamente se corrigiu e falou em português claro: – Obrigado.

O homem sorriu e dobrou novamente o jornal. Tommy viu que era o *Der Spiegel*. Ele sabia que era um jornal alemão. Aquele era o homem que, se a estranha visão anterior de Tommy fosse verdade, teria sido um soldado alemão numa vida passada.

Se Tommy ainda tinha alguma dúvida, ela desapareceu naquela hora.

Ele cochichou timidamente para Sally Anne enquanto caminhavam pela plataforma:

– Será que todas as minhas vidas passadas foram tão agitadas como essas que você acabou de me mostrar?

– Sim, pode ter certeza. E é por isso que estamos aqui – ela disse em um tom sinistro.

Capítulo 14

– Venha conhecer a minha família – disse Sally Anne enquanto eles saíam da estação.

– Por que eu me sinto como se fosse conhecer a família Addams? – Tommy pensou em voz alta.

Eles caminharam algum tempo até chegarem ao portão de uma bela mansão antiga. A residência ficava isolada, mas havia outras similares por perto.

Passaram pela entrada e prosseguiram. Sally Anne fez aparecer uma chave para abrir a porta da casa.

– Vivo aqui com muitos parentes. Gosto de famílias grandes, e você? – ela perguntou.

– Depende da família... – retrucou Tommy. – Conheço algumas que eu gostaria que fossem bem menores!

Enquanto seguiam pelo corredor da casa de Sally Anne, Tommy se perguntava onde todos estariam.

– Estão fora, trabalhando – respondeu Sally Anne, mais uma vez lendo o pensamento dele. Ela sorriu e ofereceu: – Café?

Sally Anne pediu a Tommy para que se sentasse no balcão da cozinha. Ele atendeu e, em seguida, disse:

– Não. Nada de café. Vamos direto ao ponto.

– Bem – ela disse, olhando para ele com ternura –, você está mais pronto do que nunca!

Ela sentou-se diante dele e disse:

– Tem certeza de que não está com fome ou com sede? Isso pode levar algum tempo.

– Não. Quanto mais cedo começarmos, mais cedo terminaremos – disse Tommy, não com ironia, só para ser mais prático.

– Que racional. Tudo bem, então. Vamos lá... Sou uma bruxa do bem. Isso significa que possuo o que as pessoas chamam levianamente de poderes sobrenaturais. Na verdade, são poderes muito naturais e todos nós nascemos com eles milhares de anos atrás. Mas, quando evoluímos como seres humanos, o lado espiritual da nossa natureza regride. Em outras palavras, quanto mais melhoramos fisicamente, mais pioramos espiritualmente.

– Calminha aí! – disse Tommy. – Devagar com as palavras.

– Por quê? Você sabe o que é um espírito, não é mesmo?

– Sim.

– Muito bem. É claro que sabe. De qualquer forma, a minha história, ou melhor, a nossa história começou no Egito Antigo...

– Pedi para você ir com calma. Vamos prosseguir lentamente, senão fica difícil de acompanhar – implorou Tommy.

– Você era um príncipe. Eu era uma serva. Você me tratava com ternura, enquanto todos me tratavam com maldade. Eu lhe prometi que, quando você morresse, sempre o ajudaria em suas vidas futuras.

– E como eu morri? – Tommy perguntou.

– O seu pai, o rei, e a corte condenaram você à morte porque você não permitiu que eles me matassem. Eles diziam que eu era uma feiticeira, o que era verdade. Mas, como já disse, eu era uma bruxa do bem, isto é, só uso os meus poderes para ajudar as pessoas.

– Sei o que é uma bruxa do bem...

– Então, você tentou explicar que eu ajudava as pessoas, mas eles acharam isso uma grande afronta.

– Por quê?

– Porque eu era uma serva, de classe social muito baixa. Como me atrevia a ajudar os reis? E, claro, eles se assustaram com os meus poderes. O rei não era um homem ruim para a época. Ele sabia que você viveria de novo. Mas aqueles eram tempos terríveis. Você ficou traumatizado com o fato de seu próprio pai ter ordenado a sua morte. Um dia antes de matarem você, nós conversamos a noite toda. Você estava numa masmorra. Mas eu o visitei em espírito. Você estava apavorado. Eu prometi sempre estar com você.

Atordoado, Tommy sentou-se em silêncio. Lágrimas rolavam pelo seu rosto. Ela as enxugou e, em seguida, beijou Tommy.

Ele relaxou profundamente. Sentia-se à deriva, fora do próprio corpo. No momento seguinte, ele estava no céu com as estrelas. Parecia voar. Sentia o ar fresco, o zunido de sua própria velocidade enquanto flutuava sobre os continentes que eram como pequenos borrões abaixo dele. Ele sentia a força da Terra puxando-o para baixo. No momento seguinte, estava numa masmorra escura e lamacenta, minúscula e abafada, com apenas uma vara com uma chama na ponta, uma tocha antiga, pendurada de qualquer jeito na parede.

Sentiu odores que não sentia havia milhares de anos. Também lhe parecia que nunca havia saído daquela escura cela solitária. Sentiu o medo crescer dentro dele. Então, ele teve uma visão de Sally

Anne. Ela lhe falava que tudo ficaria bem, que havia uma vida após a morte.

– Não, isso não existe – ele se ouviu dizer.

– Existe sim, você tem que acreditar em mim. Vamos nos encontrar de novo. Você me salvou. Então, eu vou salvá-lo.

Ele duvidava. Mas parecia estar preparado para mais do que isso. Era como se ele tentasse dizer a si mesmo que ele já sabia que existia vida após a morte.

Aos poucos, o medo o abandonava. A tocha na parede queimou até o fim. A porta se abriu. Dois homens fortes com roupas egípcias o seguraram e o arrastaram para fora. Ele não ofereceu resistência, apenas sorriu. Tinha certeza de que veria a serva de novo, sabia que ela o salvaria. Se não fosse dessa vez, seria em algum outro mundo, em alguma outra época. Então, ele sentiu uma dor tremenda no corpo inteiro. Mas, instantaneamente, desapareceu. Agora ele estava no espaço de novo. Sem medo, ele sonhava, flutuava, lembrava-se de que era Tommy McDonald, que logo se tornaria um jornalista renomado, mas que naquele momento não temia o passado!

Sentiu um beijo em seus lábios. Abriu os olhos, que pareciam ter sido fechados! Sally Anne recuou e sorriu para ele do outro lado do balcão da cozinha.

– Sally Anne, nem sei o que dizer. Foi incrível. Eu? Um príncipe?

– Bem, agora não, Tommy – ela disse, tentando trazê-lo de volta à Terra. – Você foi um dia, há muito tempo. Todos nós tivemos grandes momentos na história. Mas isso não importa. Acabamos nos lembrando daquilo que mais nos assustou. O medo paralisa o nosso crescimento. Temos que enfrentar o nosso maior medo...

– Você quer dizer: de aranhas? – interrompeu Tommy.

– O quê?!

– Morro de medo de aranhas. Na verdade, de todos os insetos...

– Com licença, estou tentando ser levada a sério – disse Sally Anne.

– Ok, ok. Vamos ver se entendi. Você é uma bruxa.

– Do bem – ela especificou.

– Do bem. Isso, agora acredito. Mas por que você apareceu para me salvar agora? – ele perguntou, provocando.

Ele ainda estava curioso para saber por que ela havia demorado milhares de anos para resgatá-lo.

– Porque você é teimoso demais! – ela disse. – Quando os romanos estavam na Inglaterra, você estava ocupado demais estudando para ser um grande engenheiro de estradas! Não acreditava em mim. Quando a Invencível Armada estava sendo preparada na Espanha para atacar a Inglaterra, eu era uma cigana que perambulava pelas aldeias espanholas. Você era um jovem soldado voluntário, que mentiu sobre a idade para poder entrar no exército espanhol. A cena do quadro que eu pintei na aula do professor Mendel foi a última vez que tivemos contato. Você era um carvoeiro...

– Canoeiro?

– Não! Você vendia carvão numa carroça...

– Mas como é que não me lembro?

– Porque cada vez, em cada nova vida, eu encontrava você e o "assustava", como você diria. Quase sempre chegávamos ao ponto da revelação, mas você ficava apavorado.

– Como hoje à noite, antes de pegarmos o trem?

– Isso mesmo. Você sempre foi muito prático, está sempre preocupado com o futuro. Você não queria se envolver com coisas que pudessem interferir no seu futuro. E, claro, sempre foi bem-sucedido, mas a sua velhice sempre foi cheia de remorsos.

– Então, qual a diferença desta vez? – perguntou Tommy, confuso.

– Desta vez, eu usei mais os meus poderes. Desta vez, usei a magia, como no trem.

– Por que não fez isso antes? – indagou Tommy.

– Porque cada vez que uso os meus poderes, eles enfraquecem um pouco.

– Quer dizer que a minha falta de fé enfraqueceu você? – disse Tommy, preocupado.

– Sim – foi a resposta, sincera e contundente.

Tommy parou para pensar bem antes de finalmente dizer:

– Desculpe. Eu sinto muito mesmo.

– Você pode se redimir reconhecendo que a vida é mais do que a vida atual – disse Sally Anne.

– Quer dizer que a vida atual não importa? Pouco importa se vou passar nas provas ou ir bem na escola? – disse Tommy, de repente desfrutando da possibilidade de a vida ser divertida e sem preocupações!

– Claro que importa. Você deve dar o melhor de si em tudo o que fizer, o resto é perda de tempo, de um tempo muito precioso. Mas lembre-se de que existe mais. De qualquer forma, eu lhe contei a história. Acredita em mim? – ela parecia bastante insegura. Franziu a testa.

– Sim! – exclamou Tommy imediatamente. – Sem sombra de dúvida. Reconheço todas as vidas que você descreveu.

– Espero que sim, pois você nem sempre vai se lembrar – afirmou Sally Anne.

– Por que não? Acha possível que eu esqueça tudo isso? Logo eu?

– Sim. E você vai achar que tudo não passou de um sonho.

– Mas você sempre estará na escola para me lembrar, não é? – ele perguntou.

– Mesmo se não estiver, estarei em algum lugar por perto.

Ela olhou o relógio.

– Vamos! – ela disse. – Você vai perder o último trem de volta.

– Mas temos tanta coisa para conversar. Não podemos ficar um pouco mais?

– Você não entende. O próximo trem é o último!

Instintivamente, Tommy sabia o que ela queria dizer. Seria de fato o último trem de volta.

– Então conversamos amanhã, certo? – ele perguntou enquanto eles caminhavam em ritmo acelerado para a estação.

– Posso não existir amanhã.

– Bem, então no dia seguinte. Que tal um dia desses?

Ela olhou para ele, que comprava o bilhete, e concordou:

– Um dia desses. Sim, algum dia desses.

– Ótimo, não vejo a hora! – retrucou Tommy, tragicamente, sem entender muito bem.

Capítulo 15

O que ele diria a seus pais? Imaginou os dois perguntando: "Por onde você andou?". Como ele poderia responder que esteve no espaço sideral e no Egito Antigo? "Pouco importa. Esse é o meu segredo" – ele pensou. "Ou melhor, é o nosso segredo" – ele imaginou Sally Anne corrigindo-o.

– Tudo bem – ele retrucou em voz alta. – É o nosso segredo.

– Por onde você andou? – indagaram os pais, um após o outro, quando ele tentava, sem sucesso, entrar de fininho pela porta da frente.

– Por aí – Tommy respondeu.

– Obrigada. Isso realmente esclarece todo o mistério, não é? – reclamou a mãe, furiosa.

No mesmo instante, o telefone tocou.

– Alô! – disse a senhora McDonald, irritada com a interrupção. Houve um silêncio enquanto a senhora McDonald ouvia.

– Oh... Entendo... Tudo bem, então, senhora Dickens... Sim... Obrigada por ligar! – ela desligou o telefone.

– Quem era? – perguntou o senhor McDonald.

– A senhora Dickens, mãe da Sally Anne.

– Ah! A mãe da antiga namorada – disse o senhor McDonald, sorrindo. – Então era com ela que ele estava, num encontro?

– Ajudando na lição de casa, de acordo com a senhora Dickens – a mãe de Tommy olhou para ele, desconfiada.

– Sim! – disse Tommy, aproveitando a deixa que a mãe de Sally Anne deu para ele. – Isso mesmo. É a aluna nova. O trabalho escolar está um pouco puxado para ela, então fui ajudar. Foi isso.

A senhora McDonald ficou aliviada.

– Achamos que estava com gente que não presta, fazendo coisa errada. Não acredito nem um pouco que estavam apenas fazendo a lição de casa... Essa garota é bonita?

– Eu... ahn... nem reparei – disse Tommy, corando.

A mãe e o pai deram uma boa gargalhada.

Quando ele estava subindo as escadas, a mãe gritou:

– Chega de segredos, rapazinho. Ouviu?

– Sim – ele retrucou, dizendo para si mesmo: "Com certeza!"

Capítulo 16

Sally Anne não foi à escola no dia seguinte. A professora Sharpe disse que o pai dela arrumou um novo emprego, melhor do que o que havia conseguido naquela região.

Tommy não ficou surpreso. Ele ponderou tudo o que estava em sua cabeça a noite toda. Ela havia feito a parte dela. Agora o resto era com ele.

– É uma pena a Sally Anne ir embora – disse George na hora do almoço.

– Pois é.

– A vida continua, não é?

– Claro, com certeza.

– Então, você a beijou? – perguntou George, decidido a descobrir os segredos realmente importantes que Tommy escondia.

– Bem, na verdade, sim.

– Isso! – George gritou para toda a escola ouvir. – Finalmente Tommy McDonald inaugurou o placar!

– Quatro vezes.

– E de goleada! Finalmente você cresceu! – exclamou George.

– Muitas vezes – retrucou Tommy.

Capítulo 17

Morrendo de curiosidade, Tommy foi até a biblioteca da escola depois da última aula, atrás de um mapa completo da região. Encontrou um, mas teve a impressão de que não acharia o que estava procurando. E não achou. Ele procurava Rolwell, local onde Sally Anne morava. A cidade natal dele, pelo que ela dizia. Mas ele sabia que era apenas um toque de esperteza dela para atraí-lo. Nenhum mapa mencionava Rolwell. O lugar não existia. Ele não ficou preocupado.

Naquela noite, ele foi até a estação de trem. Observou todos os destinos. Rolwell não estava lá, nem nas tabelas dos horários. Nenhum funcionário da ferrovia conhecia esse lugar. Ele não se surpreendeu.

Na volta da estação, ele viu um homem na fila do táxi lendo um jornal estrangeiro chamado *Der Spiegel*. Tommy reconheceu o homem. Esse homem, ao dobrar o jornal para pegar o táxi, reparou em Tommy.

– Não perca o seu bilhete do trem – ele comentou com Tommy. – Você pode querer ajudar alguém um dia.

O táxi desapareceu na curva da esquina.

– O meu bilhete? – Tommy se espantou.

Então, ele vasculhou os bolsos da calça até encontrar um pedaço de papel amarrotado. A parte do bilhete com o destino dizia claramente Rolwell.

Muitas vezes, nos anos seguintes, Tommy se perguntou se ele havia tido um colapso nervoso ou algo parecido na época de Sally Anne. George e ele continuaram amigos por muitos anos e raramente falavam de Sally Anne. Jamais discutiram o lado misterioso do caso. O professor Mendel, no final daquele ano letivo, jogou fora todos os trabalhos de artes dos alunos, então Tommy nunca mais teve a chance de examinar a pintura de Sally Anne.

Mas, sempre que se convencia de que havia imaginado aquelas coisas todas, ele ia até a gaveta de cima da escrivaninha de seu quarto e pegava o bilhete do trem. Era o que mantinha tudo real em sua mente.

Ele continuou a sonhar com Sally Anne, e, nesses sonhos, ela lhe dizia que estava feliz. Como ele acreditou na história toda, e acreditou para valer, ela foi capaz de recuperar toda sua força de bruxa e continuou a ajudar outras pessoas perdidas no tempo.

Tommy continuou trabalhando duro, mas vivia para o presente. Às vezes ainda se preocupava com o futuro, mas nunca mais se preocupou com o passado.

Conheça outros títulos da coleção